AF143881

Élisabeth Pysz

Couleurs

FSC

www.fsc.org

MIXTE

Papier issu
de sources
responsables
Paper from
responsible sources

FSC® C105338

Le soleil venait de se lever, et une douce clarté accompagnée par le son régulier d'un léger clapotis, envahissait la petite pièce.

Recroquevillée sur le fauteuil qui trônait près de la cheminée, elle dormait. Les traits réguliers et harmonieux de son visage semblaient tristes. Un rayon de soleil posé sur le bas de sa frange, la réveilla. Ses longs cils se mirent à battre plusieurs fois au ralenti et sa main entrouverte laissa glisser un papier froissé. Sans bouger elle fixa face à elle, les trois pommes oubliées sur la table.

Il y a trois jours seulement, elle croquait avec délice dans une jolie pomme d'amour rouge, qu'il lui avait offerte à la fête. Il riait de la voir si gourmande, elle était pleinement heureuse, de sentir son bras rassurant enlacer sa taille.

Et hier soir en rentrant, elle avait trouvé ce mot mystérieux et déchirant. Sans une larme, sans un cri, avec ce geste qui accompagnait ses soirées, elle avait allumé sa bougie. Dans le silence et la pénombre, elle avait longuement réfléchi et s'était endormie.

Elle s'approche de la fenêtre et regarde à l'extérieur, son voilier est là, posé sur le sable, voile rangée à sa place.

Elle sort le papier à la main, elle veut relire ces quelques lignes, face à ce paysage qui est le sien et qu'elle aime tant. Peut-être qu'en plein jour, en plein air, en sentant l'écume sur son visage, les mots prendront une autre dimension. Elle s'assoit sur son rocher préféré face à l'horizon, déplie le papier abîmé et relit sans les lire ses mots qu'elle connaît par cœur : « Juliette, je hais le mal que je te fais. Pourtant, je pars... pour toi. Ne me cherche pas. Je t'aime. Raphaël »

Elle creuse le sable avec ses pieds, des larmes roulent sur ses joues. Et quand le trou lui semble assez profond, elle y jette le papier mis en boule par sa main crispée, et aussi vite de ses pieds agiles, Juliette fait disparaître ces mots insensés. À travers son regard plein de larmes, elle voit sa jolie maison au toit d'ivoire, ancrée dans le sable, entre son buisson de verdure et le rivage. Ses fenêtres comme deux yeux malicieux ouverts sur la mer et les bateaux, la regardent tendrement. Le ciel breton laisse passer quelques nuages étirés. L'atmosphère est paisible, la mer est calme ; la tempête et les tourments ne s'agitent que dans la tête de Juliette. Elle regarde son bateau, comme un ami fidèle. Ce petit voilier avec qui elle a tant partagé et qui semble la héler pour une sortie. Mais non, aujourd'hui, pas de voile à hisser, pas d'ancre à lever, elle ne naviguera pas. Pourtant, elle part... pour lui. Elle va le chercher. Elle l'aime.

Elle coupe le moteur, et laisse aller sa tête lourde contre le repose-tête. Elle vient de parcourir plus de mille kilomètres, traversant la France d'Ouest en Est, dans sa petite voiture. Un exploit pour Juliette, plus habituée à manier la barre de son voilier, les yeux rivés tantôt sur la voile, la mer ou l'horizon.

Elle ouvre sa vitre, et une douce chaleur pénètre dans l'habitacle, le chant des cigales la fait sourire. Elle est bien loin de sa Bretagne. Elle sort de sa voiture et aperçoit les petites maisons surplombant la colline, telles que Raphaël les avait décrites. Encerclées par des cyprès longilignes dressés dans le ciel bleu (pas un bleu layette, mais un joli bleu de céruléum avec sa pointe de cramoisi). Les petits mas plongent dans un lit de fleurs multicolores : rouges, blanches, bleues ou jaunes, aux pétales étalés, aux tiges souples ou robustes. Leurs feuillages nombreux forment un dégradé de verts. Juliette ne connaît pas leurs noms, mais elle les trouve merveilleuses. Elle observe un instant ce paysage provençal, elle a l'impression d'admirer un tableau peint au couteau. Elle grimpe la colline à travers champs, des coquelicots lui chatouillent les mollets. Les parfums des fleurs, des feuillages et de la terre se mélangent et embaument l'atmosphère.

Elle arrive sans essoufflement devant la maison blanche aux tuiles rouges. Elle est sportive et athlétique, grâce à la pratique quotidienne du footing sur la plage, et la manipulation musclée de sa voile lors de ses nombreuses sorties en mer. Pourtant elle prend le temps de quelques inspirations avant de frapper. Raphaël pourrait être derrière cette porte. C'est ici qu'enfant et adolescent, il adorait passer toutes ses vacances, chez cet oncle et cette tante tant aimés. Trois petits coups portés par sa main légère, et la porte s'ouvre dans un grincement. Un grand homme aux cheveux blancs et yeux perçants la dévisage. Ses traits burinés par le temps, laisse deviner le bel homme décrit par Raphaël. Ils se ressemblent, Juliette reconnaît le gris bleu de ses yeux. Elle se présente, il sourit et l'invite à entrer.

Une petite dame souriante et rondelette apparaît derrière lui, Juliette imagine bien qu'il s'agit de la tante Louise. Assis de part et d'autre de la grosse table en bois, elle interroge. C'est l'oncle Marius qui répond, la tante Louise observe Juliette avec bienveillance. Raphaël est bien passé par ici, il a passé des heures dans la chambre de son enfance, a scruté le grenier, a ouvert des cartons, a trié de vieux papiers. Il est reparti, sans s'expliquer... Le vieil homme a respecté son silence, il connaissait son neveu, lui faisait confiance, et l'aimait comme un fils.

Juliette repart après avoir bu son verre bien frais d'anisade. Elle s'était sentie apaisée en présence de cet homme serein à l'accent chantant. Elle tient dans sa main le petit papier glissé par la tante Louise : l'adresse de leur fille Capucine. Que cherchait Raphaël dans cette maison endormie sur son lit de fleurs ?

En marchant vers sa voiture, Juliette n'a que Raphaël en tête : sa voix, son visage souriant, ses yeux gris bleu. Les souvenirs l'assaillent. Un matin, il était venu la chercher enjoué. Il l'avait embrassé fougueusement en chuchotant à son oreille : « Prépare ton sac, je t'enlève ! ».

Il aimait la surprendre pour mieux la séduire ; elle aimait se laisser emporter par son enthousiasme, sa bonne humeur enveloppante.

La surprise est en Normandie, sur une plage de Cabourg. Elle se retrouve contre lui, les pieds dans le sable, tous deux face au bleu de Prusse de l'horizon. Au bord de l'eau, léché par les vagues, un voilier semblable au sien, mais plus ventru, plus cossu les attend. Submergée par tant d'amour, et d'attention pour elle, Juliette se blottit contre Raphaël, puis sur la pointe des pieds l'embrasse longuement. Il l'entraîne vers l'une des cabanes qui se dressent fièrement face à la mer. Elles sont typiques des Côtes du nord-ouest de la France, avec leurs rayures bicolores. Ils entrent dans la première aux lignes régulières blanches et rouges de Pyrrole. Quelle merveilleuse cabane ! Sous son petit toit pointu, l'amour a tout effacé, l'espace et le temps...

Longtemps après la porte s'ouvre, ils sortent main dans la main, s'assoient sur le sable chaud et observent en silence la belle vision qui s'offre à eux : au large, le vent souffle et fait pression sur la mer encore calme. Ils observent un mouvement à la surface de l'eau, c'est très léger tout juste perceptible. Puis peu à peu, le mouvement s'amplifie, se transforme en une houle pleine d'énergie, qui s'avance vers eux. Des vagues se soulèvent, se déchirent et déferlent vers la côte avec rapidité. Leur musique connue, et leur parfum iodé enivrant soufflent au jeune couple des bouffées d'énergie. Juliette regarde Raphaël, il lit dans ses yeux l'appel du large. Il se lève d'un bond, tend ses bras vers elle, la soulève. Elle tapote ses vêtements d'où s'échappent quelques grains de sable. Ils sautent tous deux à l'intérieur du bateau. La jeune femme manipule la barre, scrute le mât, elle est chez elle, c'est son domaine, comme chaque fois elle sera capitaine !

Elle sait que son amoureux écoutera ses consignes, et participera aux manœuvres en bon équipier. Il aime tellement partager avec elle cette passion de la mer. Même s'il n'avait jamais barré un voilier avant de rencontrer Juliette, Raphaël est un véliplanchiste confirmé, il adore ce sport loisir, qu'il a découvert adolescent, sur les plages de la Côte Basque. Ils sont au large, ils naviguent. Elle est à bâbord la main sur la barre, lui à tribord les yeux rivés sur elle, admiratif de sa dextérité. Le vent s'intensifie, il vient s'asseoir près d'elle, la voile se gonfle, le bateau gîte, leurs dos frôlent les vagues tant le bateau penche vers l'eau, prenant le vent et la vitesse. Ils se serrent la main. L'impression de vitesse est incroyable, ils sont grisés par cette célérité ! Et cette navigation uniquement dirigée par la force du vent les émerveille !

Mais pour l'instant, le vent sur le visage de Juliette n'est que le souffle du climatiseur. Elle est dans sa voiture sur la route qui mène au village voisin...

Le village est désert mais très beau, Juliette entend le bruit de ses pas sur le pavé. C'est l'heure la plus chaude, celle de la sieste derrière les volets clos... Attirée par un bruit d'eau rafraîchissant, elle arrive sur une jolie place où trône une magnifique fontaine en pierre. Elle s'approche et s'assoit sur son rebord ombragé par un grand platane. Elle boit, asperge d'eau son visage et se sent mieux. Un jeune garçon passe en sifflotant, Juliette l'appelle gentiment pour demander son chemin. La voyant assise ainsi, le garçon lui dit avec un accent chantant : « Vous vous appelez Mireille ? »

Juliette le regarde d'un air interrogateur.

« Vous voulez que je vous raconte la légende de notre village ? » dit-il avec un large sourire.

« On raconte qu'une jeune habitante d'ici est tombée très amoureuse d'un gars du village voisin. Il lui avait donné son premier baiser assis au bord de cette fontaine, comme vous ! La veille de leur noce, le fiancé fut obligé de partir à la guerre. La jeune fille qui s'appelait Mireille était inconsolable. Chaque fois qu'elle venait boire ou se rafraîchir comme vous à cette fontaine, où elle avait reçu son premier baiser, elle pleurait tant que les larmes se mélangeant à l'eau du bassin, provoquaient des remous fantastiques ; et parfois même l'eau débordait et envahissait le village ! Les habitants se plaignaient de marcher dans des rues inondées et d'entendre ses interminables sanglots... Ils imposèrent à la pauvre fille de ne plus s'approcher de cette place du village. Mais un été une canicule interminable asséchait la fontaine. Une terrible sécheresse menaçait toutes les récoltes alentour et tarissait les ruisseaux, les lavoirs, les lacs et les rivières. C'est alors que les villageois supplièrent Mireille de revenir à la fontaine. Quand elle se trouva au-dessus du bassin vide, elle pensa à son amoureux, et les sanglots retenus depuis si longtemps arrivèrent en rafales. Les larmes se mirent à couler en cascades, remplissant le bassin, déferlant dans les rues, les lavoirs, les ruisseaux et les champs... Grâce aux larmes de Mireille le village fut sauvé ! Et comme un bonheur n'arrive jamais seul, quelques jours plus tard le fiancé revenu de la guerre, s'est assis sur le rebord de notre fontaine, il a embrassé sa douce tendrement et a fait sécher ses larmes à jamais ! »

« Depuis, dit le jeune garçon, cette fontaine est appelée La Fontaine de La Fécondité. Les touristes boivent son eau, les amoureux s'embrassent et prennent des photos. C'est l'atout et la fierté de notre village ! »

« J'adore les histoires, et je trouve celle-ci bien jolie, merci c'est très gentil d'avoir pris le temps de me la raconter. »

Le garçon indique son chemin à Juliette et repart en sifflotant, les mains dans les poches, satisfait de son petit effet...

En suivant les indications du jeune garçon, Juliette arrive dans la rue fleurie. La chaleur est intense. Elle s'arrête un instant à l'ombre d'un grand mur. Tout près d'elle un vieux tonneau judicieusement transformé en pot de fleurs la séduit. Cet endroit l'inspire. Elle détaille les murs d'en face, des fleurs débordent à chaque fenêtre. À droite la pierre est entièrement recouverte de feuillages mélangeant harmonieusement les verts olive, ocres jaunes et verts de Venise. Une imposante jarre bleue est remplie de fleurs orangées. C'est comme si elle y était : dans son atelier, face à son chevalet... Juliette est artiste peintre ! La peinture c'est sa passion, son expression, son métier, sa vie !

Son enfance a été rythmée par les cours de voile et les cours de peinture : ses deux passions ! À dix ans, elle rêvait de faire le tour du monde à la voile. À vingt ans, elle vendait ses premiers tableaux. Et de la toile à la voile, la peinture l'avait emportée !

La mère de Juliette avait une amie qui enseignait la peinture.

Celle-ci ayant repéré le don de la petite, avait proposé de prendre la gamine de douze ans dans son cours, pourtant réservé aux adultes. Alexia pratiquait la peinture au couteau. C'était une femme généreuse, excellente pédagogue et très gaie. Juliette adorait ses cours, et se nourrissait de tous les conseils d'Alexia. Elle observait les autres élèves, qui peignaient parfois depuis de nombreuses années. La petite progressait avec une telle rapidité qu'elle devint la mascotte du cours et plus tard l'artiste référence. Son bac en poche, Juliette fut admise à l'école des Beaux-Arts de Paris. Elle ouvrit son atelier dès la fin de ses études. Grâce à Alexia et à certains professeurs séduits par son talent, elle fut mise en relation avec des galeries reconnues. Et tout était allé très vite. Aujourd'hui Juliette vit confortablement de sa passion. L'une de ses toiles était même partie aux États-Unis, lui avait dit une galeriste de Paris !

Elle s'avance jusqu'à la porte entre les deux jardinières bleues. Elle frappe. La porte s'ouvre déjà sur Capucine. _ « On t'attendait ! » lui dit avec un large sourire une jolie fille à la belle chevelure rousse. Le lendemain matin, après un copieux petit-déjeuner aux confitures maison, Juliette se remet en route. Il n'avait pas été question de partir la veille, Capucine avait tenu à la garder pour la nuit. Elle lui avait présenté son mari et leur magnifique petite fille de deux ans. Puis elle avait passé une partie de la nuit à lui raconter avec plaisir des morceaux d'enfance et d'adolescence de Raphaël. La jeune femme était visiblement très attachée à son cousin.

La route sera longue vers le sud-ouest de la France, mais Juliette se sent apaisée par ces contacts chaleureux avec la famille de celui qu'elle cherche avec l'intention de comprendre...

Juliette n'a jamais parcouru autant de kilomètres en si peu de jours. La voilà, face au « Pigeonnier », la maison de Raphaël ! Tout son vécu est là, toute son enfance, son histoire... Un soir sur la plage, au coucher du soleil, il lui avait tout raconté. Blottie dans ses bras, elle l'avait écouté, sans l'interrompre :

Victor, le père de Raphaël est médecin dans le Sud-Ouest. Durant ses études à Toulouse, la ville rose, il a rencontré Mélodie, une jolie infirmière. Il a très vite été séduit par ses petits yeux malicieux, son dynamisme et ses compétences professionnelles. Mélodie avait perçu que ce jeune interne la draguait. Mais elle en avait tant vu de ces histoires sans lendemain entre médecins en herbe et élèves infirmières. Elle avait consolé assez de copines délaissées, pour ne pas elle aussi tomber dans le même piège ! Mais Victor fit preuve de beaucoup de patience et de persévérance.

Et Mélodie finit par céder au charme irrésistible de son si tendre sourire.

Victor avait choisi d'être généraliste, il voulait être médecin de campagne.

Ils s'installèrent tous les deux, dans une belle maison gasconne, surplombée par un pigeonnier. C'était la maison de campagne de ses parents. Enfant, il y venait parfois en vacances, mais si peu à son goût. La mère de Victor appelait cela « sa bulle de décompression ». Le jeune garçon était ravi, il avait ses parents pour lui. Et surtout sa mère, si belle, si majestueuse, et douce uniquement pour lui ! Ils faisaient tous les deux de longues balades à vélo, sur des petits sentiers. Victor voyait ses longs cheveux blond cendré balayés par le vent, puis il la dépassait rouge de sueur, elle riait. Il avait adoré ces moments de son enfance. Ces instants si rares et d'autant plus précieux.

Très attaché à cette maison, Victor fut ravi de s'y installer avec sa Mélodie bien aimée. Il transforma le pigeonnier en cabinet de consultation, avec une entrée à l'opposé de la porte principale, pour préserver l'intimité de sa petite famille. Car très vite Raphaël avait pointé le bout de son nez. Le jeune couple l'avait accueilli avec bonheur. Mais les débuts furent difficiles, Victor venait d'ouvrir son cabinet, et les habitants du coin ayant peu fréquenté ses parents, tardaient à lui accorder leur confiance. Mélodie avait vite trouvé un poste d'infirmière, dans l'hôpital situé à trente kilomètres. Elle ne ménageait pas ses efforts pour contribuer aux dépenses du ménage. Elle avait repris le travail peu de temps après la naissance de Raphaël, et pour profiter au maximum de ce bout'chou qu'elle adorait, elle travaillait de nuit.

C'était au petit matin, après une nuit peut-être plus éprouvante que les autres qu'elle s'était endormie au volant projetant sa voiture contre un arbre, à quelques kilomètres de son pigeonnier, et de ceux qu'elle aimait. Raphaël avait deux ans, des yeux gris bleu, et un père terrassé par le chagrin...

Anéanti par la douleur, Victor se laissa entraîner en Provence par son cousin Marius. Ayant passé une grande partie de leurs vacances ensemble, ils étaient tels des frères. Louise l'épouse de Marius, était une femme adorable, douce, généreuse. Elle s'occupa de Raphaël, autant que de sa petite Capucine, qui avait 6 ans. La fillette adorait ce poupon qui parlait en vrai, avec des mots trop rigolos. Et pendant que Victor passait ses nuits à inonder ses draps de sanglots compulsifs, ses journées à marcher sans but dans la garrigue. Raphaël riait avec sa cousine, et se laisser consoler par sa tante Louise, qui le berçait doucement en lui parlant de sa maman.

Au bout de deux mois, Victor décida qu'il était temps de surmonter sa douleur, et de reprendre par la main, ce petit bout de Vie qui lui restait de Mélodie, leur petit garçon Raphaël. Il contacta Georgette qui avait gardé régulièrement Raphaël quand Mélodie travaillait. Et lui demanda si elle voulait bien prendre en charge sa maison : ménage, repas... tout en gardant Raphaël. Georgette avait du temps, elle s'était attachée au jeune couple, et surtout à leur bébé. Elle avait toujours aimé ce Pigeonnier, dont les volets étaient restés clos trop longtemps.

Victor se remit au travail, peu à peu les patients arrivèrent. Le bouche-à-oreille fit le reste, et la réputation du bon docteur traversa la campagne. Raphaël avait grandi avec un évident manque maternel, mais soutenu par ce père aimant, qui l'éduquait avec sagesse. Il fut choyé par Georgette, qui était gaie, parfois un peu bourrue, mais généreuse avec des expressions truculentes qui le faisait beaucoup rire. Raphaël comme son père, du temps de son enfance, passait presque toutes ses vacances scolaires en Provence, chez son oncle et sa tante, avec sa cousine Capucine. Louise était adorable avec Raphaël, elle était la seule à reconnaître ce petit pli au coin de son œil, qui traduisait le manque intime, sa souffrance cachée. Alors, elle lui parlait, elle racontait. Et Raphaël sans jamais s'en lasser, se sentait apaisé par tous les souvenirs de sa mère que Louise répétait.

La voilà donc face à face avec « Le Pigeonnier », symbole de l'enfance de Raphaël. Juliette passe le portail avec un léger frisson. Au simple crissement de ses pas sur le gravier du petit chemin bordé de fleurs, une porte s'ouvre. Juliette sait tout de suite qu'il s'agit de Georgette. Elle s'amuse de la description joyeuse faite Raphaël. L'espoir est grand de découvrir son visage à la fenêtre de l'étage. Quelle déception quand elle apprend que Raphaël et son père sont partis pour l'aéroport de Blagnac ! Raphaël était arrivé furieux, il y avait eu une grosse dispute entre le père et le fils. Georgette avait été surprise par l'attitude inhabituelle de son Raphaël, et n'avait rien compris à l'histoire. Elle sait juste qu'ils sont partis prendre un avion à Toulouse. Juliette refuse gentiment l'invitation de Georgette d'entrer dans la maison. Elle ne le fera qu'au bras de Raphaël, pénétrer son intimité sans sa présence, n'a aucun sens pour elle.

Lorsque Raphaël lui avait raconté son enfance, il revenait des obsèques de sa grand-mère. C'était un événement relaté dans les journaux et les télévisions. La mère de Victor était une comédienne très connue, une star des années cinquante, dont le succès a perduré malgré les années. Elle ne tournait plus depuis dix ans, mais pour ses quatre-vingts ans, elle avait été nommée Chevalier de l'Ordre des Arts et des Lettres. La médaille lui avait été remise par le ministre de la Culture au cours d'un festival de cinéma. C'était une femme magnifique, sa silhouette élancée, et ses formes parfaites, avaient inspiré de nombreux cinéastes. Ses cheveux blond cendré souvent relevés en chignon mettaient en valeur son port de tête altier. Elle avait tourné avec les plus grands réalisateurs tenant les premiers rôles. Elle voyageait beaucoup, souvent en avion, de jour comme de nuit, au bras de son mari, attentif et protecteur, il était son agent. Pour ne jamais la quitter, pour la protéger, il était à ses côtés à chaque instant, à tout moment. Il l'adorait ! Pour elle, il maîtrisait et vérifiait tout : ses bagages, ses billets d'avion. Il lui épargnait tous les tracas, éloignait les journalistes, les photographes. Pour le reste du monde, elle devait rester cette star intouchable, une icône sur papier glacé. Pour lui, elle était son étoile, son épouse, la mère de leur merveilleux petit Victor.

Le garçon était éduqué en pension dans une école privée très réputée. Pour les vacances, il rejoignait ses parents sur le tournage d'un film, parfois à l'étranger. Préférant à toutes ces facéties, le nid douillet du Pigeonnier, dans lequel il profitait pleinement d'une vraie vie de famille. Doté d'un fort caractère, plutôt solitaire Victor passait beaucoup de temps en milieu scolaire, et avait pris le parti d'en profiter. Il s'était plongé très tôt dans les livres, les études, avide de connaissances. Il rejetait en bloc le monde surfait et pailleté, qui l'éloignait de ses parents. Il avait choisi la médecine, pour soigner, soulager, guérir. Il avait tout de suite adhéré à ce milieu médical, et avait déclamé avec conviction et émotion son serment d'Hypocrate, qu'il avait fait sien pour toute sa carrière médicale.

Raphaël avait toujours admiré sa grand-mère, sa beauté, son talent, le subjuguaient. Il l'avait parfois rejointe sur des tournages, adolescent seulement, car son père Victor s'y était toujours opposé lorsqu'il était enfant. Il s'amusait de voir la ferveur des photographes, la patience des admirateurs les attendant au pied des hôtels. Ébloui par les acteurs et les films, il s'était inscrit aux cours de théâtre proposés par le collège. Victor assistait aux représentations de fin d'année avec une joie pincée... Mais, contre toute attente, Raphaël avait annoncé qu'il poursuivrait des études scientifiques.

Plutôt axées sur la recherche, les petites fioles laborantines. Raphaël projetait d'ouvrir son propre laboratoire d'analyses. Pour l'instant il faisait des remplacements, sautant d'un laboratoire à l'autre, en toute liberté. C'est lors d'un déplacement en Bretagne, qu'il avait rencontré la belle Juliette.

L'été s'est terminé sans nouvelle de Raphaël. Le froid est arrivé très vite en ce début d'octobre, et Juliette désespérée se promène sur la plage ; celle où elle aime courir, marcher sans se lasser du paysage, et des embruns sur son visage. Elle a tout épuisé : ses recherches, ses espoirs. Mille fois, elle s'était demandé ce qui avait provoqué ce départ précipité de Raphaël. Au cours de leur dernière rencontre, ils avaient marché tous les deux sur ce sable, le moment était magique, le coucher de soleil exceptionnel. Il l'embrassait, il la serrait dans ses bras. Elle se sentait aimée, protégée. Et c'est ce moment de bien-être, et de confiance absolue, qui l'avait incitée à se confier, à se livrer. Et elle avait tout raconté, tout depuis le début, ce qu'elle cachait au plus profond d'elle-même, ce que jamais elle ne disait. Elle avait raconté sa mère : Romane.

Romane et Noémie faisaient leurs études à Rennes. Elles vivaient en colocation dans un petit appartement mansardé. Noémie était élève infirmière, c'était une fille joyeuse, dévouée, ouverte aux autres. Toujours prête à aider, soigner, réconforter. Romane était plus introvertie, plus réservée. Artiste dans l'âme, elle était douée en dessin, mais avait choisi un métier plus discret, plus concret, elle suivait des cours de secrétariat. Les deux filles s'entendaient bien. Noémie sortait beaucoup avec ses amis infirmiers ou médecins en devenir. Sûrement un besoin d'oublier les âpretés de leurs études. Côtoyer la maladie, la souffrance et la mort, à l'aube de sa vie, donne sans doute envie de rire plus fort, de danser plus vite, quitte à s'étourdir un peu !

Romane appréciait peu ces soirées trop bruyantes, trop alcoolisées, trop... tout ! Parfois pourtant, elle ne résistait pas à sa trépidante amie et se laisser entraîner jusqu'au bout de la nuit.

Juliette savait que c'est ainsi que sa mère avait dû le rencontrer, LUI. Lui, c'était l'homme de sa vie, le seul, l'unique. Romane l'avait aimé follement, passionnément. Il était parti sans savoir qu'il lui avait laissé ce cadeau inattendu : cette petite fille que Romane appela Juliette.

Juliette n'a jamais connu son père, ce qu'elle sait de lui, c'est cet amour fou, inoublié, et irremplaçable que sa mère a ressenti pour cet homme. Elle sait juste que c'était un jeune médecin remplaçant de passage à Rennes pour quelques semaines. Ce fut un coup de foudre, ils étaient tombés amoureux au premier regard. Romane avait découvert sa grossesse après son départ. Elle avait écrit à l'adresse qu'il lui avait indiqué, une lettre, puis deux, puis trois. Sans réponse de sa part, elle avait compris qu'elle ne le reverrait plus. Ce qui fut le cas ! Elle n'eut plus jamais de ses nouvelles... Au début Romane était restée à Rennes avec son bébé, la baladant en poussette, espérant croiser au détour d'une rue, par un hasard heureux, cet amoureux disparu.

Pour les cinq ans de Juliette, elle décida qu'elle avait assez attendu, elle quitta Rennes, et acheta une petite maison au toit noir et aux murs blancs, au bord d'une plage bretonne. Elle trouva un poste de secrétaire, dans un grand cabinet médical de la ville voisine. Tout son temps libre, était consacré à Juliette. Elle lui avait donné tout son amour et son goût artistique. Et pour combler ce vide à ses côtés après la troisième lettre sans réponse, elle avait continué à écrire à cet amoureux absent. Elle lui avait raconté l'enfance de Juliette, ses joies, ses peines, ses difficultés à éduquer au mieux leur fille, sans son soutien. Elle lui racontait son manque de lui... sans rancœur. Et cette correspondance à sens unique avait dû l'aider à passer des caps, et des tempêtes, car Juliette gardait le souvenir, d'une maman aimante, douce et joyeuse malgré tout.

Toutes ces lettres, Juliette les avait trouvées dans une malle du grenier, après le décès de sa maman. Elle était partie deux ans auparavant, emportée par une tumeur au cerveau foudroyante. Non elle ne fera pas comme sa mère. Elle ne vivra pas dans le souvenir, d'un amoureux trop tôt disparu. Elle s'est confiée à Raphaël, elle lui a offert son intimité, et il s'est volatilisé ! Les pieds dans l'eau fraîche, les mains dans les poches de sa parka jaune, Juliette sent le vent s'engouffrer dans ses cheveux. La jupe mauve qui plaque ses jambes se laisse entraîner par les bourrasques, et les petites vagues claquent sur ses mollets.

Perdue dans ses pensées, les yeux vers le large, Juliette sent pourtant une présence, quelqu'un tout proche, l'observe et la regarde. Elle tourne son visage vers la plage, et c'est lui. C'est bien lui, Raphaël ! Avant même qu'elle ne réalise cette incroyable surprise, elle sent son corps contre le sien. Ses bras l'enlacent, Raphaël embrasse ses cheveux, son cou, ses joues, et finit par ses lèvres longuement, merveilleusement... Elle ne comprend rien mais se laisse emporter par cette belle émotion, ce doux tourbillon. Il la prend dans ses bras, la soulève du sol, et la ramène vers la plage. Raphaël la porte comme un enfant blessé. Il a envie de la protéger, de se faire pardonner. Il a détesté le mal qu'il lui a fait en l'abandonnant ainsi. Il veut la réconforter, la rassurer. Il ne veut plus la quitter. Il sent la tête de Juliette contre sa joue, ses bras autour de son cou.

Son corps est léger, sa respiration douce et chaude. Il la pose sur le sable, et là encore, ils s'enlacent sans se parler, sans s'expliquer.

Ils ont passé la nuit dans sa petite maison, au toit d'ivoire. Et ils se sont aimés à la lueur de sa bougie rallumée. Ils se sont chuchotés des mots doux, il lui a promis de tout lui raconter, de ne plus la quitter. Au petit matin, le temps était pluvieux. Ils ont bu du café, croqué des pommes rouges et jaunes. Et à l'aube du nouveau jour qui se levait, il a expliqué : « Quand tu m'as raconté ton enfance, et surtout ta naissance. J'ai été touché par ton histoire, et je l'ai écouté avec beaucoup d'attention et d'émotion. Lorsque je t'ai quitté ce jour-là, peu à peu ton histoire m'en rappelait une autre... elle évoquait en moi des souvenirs, et un doute terrible m'a envahi ! Il fallait absolument que j'éclaircisse mes pensées, je t'ai écrit ce mot qui m'a déchiré, et j'ai filé !

Je suis parti directement chez mon oncle Marius. Là-bas j'ai cherché dans la chambre, le grenier, car mon père passait aussi ses vacances dans cette maison, durant sa jeunesse. Et j'y ai trouvé ce que je redoutais, plus qu'un indice, une preuve : de vieilles quittances de loyer. Mon père s'était bien rendu à Rennes, deux ans après le décès de ma mère. Je le savais, j'avais entendu raconter cet épisode de sa vie. Il avait traversé une nouvelle phase dépressive, j'avais été confié à mon oncle et ma tante en Provence, pendant qu'il se refaisait une santé en Bretagne. Je n'ai pas de souvenir particulier de cette période, mais j'ai entendu dire qu'il avait rencontré là-bas une jeune fille, une histoire sans lendemain semble-t-il, puisqu'il était revenu seul pour rentrer avec moi au « Pigeonnier ». Finalement c'était au milieu des souvenirs de sa chère Mélodie, ma mère, qu'il se sentait le mieux. Tu m'avais parlé d'un jeune médecin faisant un remplacement à Rennes, et sur les quittances de loyer les dates correspondaient. L'angoisse m'envahissait, j'avais entendu ma tante racontait que cette fille habitait avec une copine, dans un appartement mansardé. C'était un cauchemar. Tout correspondait, je commençais à m'en persuader : tu étais ma sœur ! »

La chaise de Juliette vient de tomber à la renverse dans un bruit fracassant, elle s'est levée d'un bond, elle est livide ! Raphaël vient vers elle tendrement.

« Tu vois, tu comprends ma réaction, moi aussi j'ai eu très peur, et j'ai fui. Il fallait que je sache, pour toi et pour moi... » Il s'assoit sur le fauteuil et la prend sur ses genoux.

« J'ai fait le même parcours que toi, après le Mas provençal, je me suis précipité chez moi dans le Gers. Quand j'ai retrouvé mon père au « Pigeonnier », j'étais dans une rage folle. Je faisais mon récit et mes conclusions en hurlant, en l'accusant, sans attendre ses réponses. Au bout d'un moment son visage stupéfait a stoppé ma colère et je l'ai enfin écouté. Et il m'a raconté qu'il était bien parti à Rennes à cette période, mais il n'était pas seul. Son meilleur ami Baptiste, médecin aussi, était un garçon plein de vie et de bonne humeur. Il n'avait pas supporté de voir à nouveau mon père si malheureux. Il lui avait proposé de l'accompagner en Bretagne, où il devait effectuer un remplacement à l'hôpital. Mon père était revenu au bout de deux mois, en meilleure forme mentale, et certain de vouloir rester gersois. Là-bas, il était beaucoup sorti avec Baptiste. Au cours de ces soirées très festives, ils avaient rencontré deux jeunes filles Romane et Noémie.

Noémie avait été gentille avec lui, il avait trouvé cette élève infirmière mignonne et sympathique. Ils avaient passé du bon temps ensemble, car Baptiste était tombé amoureux de sa copine Romane. Mon père a assisté à la transformation de son meilleur ami, qui jusque-là courait de fille en fille, avec beaucoup de légèreté. Il était tout à coup fou d'amour pour cette belle étudiante discrète et raffinée. Quand mon père a quitté la Bretagne, Romane et Baptiste filaient le parfait amour. Noémie et lui s'étaient séparés en toute amitié. »

Juliette quitte les genoux de Raphaël, et se met à arpenter la pièce nerveusement. Elle n'ose pas croire, ce qu'elle est en train de réaliser... elle est bouleversée !

Il poursuit : « Mon père m'a dit que Baptiste a quitté Rennes comme prévu à la fin de son remplacement. Très vite on lui a proposé un super poste aux États-Unis, une sacrée promotion. Il est parti, sans jamais reparler de Romane. Mon père voit Baptiste chaque fois qu'il vient en France pour ses vacances, et surtout ses congrès médicaux. Baptiste est un médecin très pointu dans sa spécialité, il est conférencier dans le monde entier, pour partager son précieux savoir. »

Raphaël s'approche de Juliette et la regarde dans les yeux. Il lui sourit en disant qu'avec son père, ils n'ont pas hésité, ils sont allés voir Baptiste, chez lui, à New York. Il prend Juliette dans ses bras, la serre contre lui, et chuchote à son oreille : « Ton père est là, Juliette, il est en France, revenu pour toi. Il est à l'hôtel, il t'attend. Si tu veux le voir, je t'accompagne, si tu ne veux pas, il comprendra et repartira... » Juliette pleure doucement dans son cou, elle se serre contre lui et les sanglots arrivent en cascades.

La nuit tombe, il pleut. Ils passent près d'un réverbère allumé. Ses longues jambes fines se reflètent sur le sol mouillé. Elle a mis sa veste préférée, la rouge que sa mère lui avait offerte pour son dernier Noël. Sous son bras gauche elle tient bien collé contre son corps, un paquet de lettres. Quel que soit cet homme, ces écrits de Romane lui appartenaient. Elle aime sentir sur ses épaules le bras protecteur de Raphaël. Son pas est assuré. Elle a l'impression que s'il n'était pas à ses côtés, tout son corps glisserait, et se mélangerait aux flaques d'eau. Elle se sent liquéfiée ! Mais Raphaël est là, rassurant. Elle a le sentiment que son grand parapluie ouvert sur eux les protégera de tout ! Juliette avance à grands pas, sous la pluie, dans cette rue aux immeubles modernes, vers cet hôtel, où l'attend ce grand médecin, l'amoureux de sa mère, cet inconnu, son père !

Au printemps suivant, Raphaël et Juliette plus amoureux que jamais, sont au bord de la Méditerranée. Leur chambre donne sur un petit port où les bateaux se balancent jusqu'à se coucher. Ils viennent d'embarquer sur une grosse barque bleue, que l'hôtelier leur a aimablement prêtée. Comme ils rient tous les deux en ramant : pas de voile, pas de vent, pas de vitesse ! Juste le clapotis de l'eau contre les vieilles planches en bois. Ils arrivent dans une jolie crique. Ils jettent l'ancre près d'autres barques bleues, vertes et blanches. Ils se baignent, l'eau un peu fraîche les fait nager plus vite. Ils s'amusent à se chamailler en s'aspergeant l'un et l'autre. Ils s'embrassent et nagent jusqu'à la côte. Elle s'étend en riant, et le sable qui réchauffe son dos, lui procure le bien-être attendu. Il s'allonge à côté, la tête posée sur le bras de Juliette.

« Tu te souviens ? » dit-elle « la rencontre avec mon père, quel moment fabuleux ! »

Baptiste les avait attendus toute la journée. Toutes les heures, tous les quarts d'heures, les minutes, il avait regardé sa montre, scruté l'écran de son téléphone portable. Il attendait un signe, un message de Raphaël. Il tournait en rond dans sa chambre, était descendu plusieurs fois au bar, avait bu dix cafés, s'était fait porter un plateau-repas qu'il n'avait pas touché. Il ne pouvait rien avaler. Depuis que Victor flanqué de son fils, avait débarqué dans sa vie, aux États-Unis, tout avait été bouleversé. Plus rien n'était comme avant. Quand Raphaël avait fait ressurgir Romane du passé, Baptiste s'était décomposé. Depuis tant d'années, il avait tout fait pour oublier cette femme. Elle l'avait transportée dans des émotions qu'il n'avait plus jamais ressenti pour aucune autre. Il avait de nouveau multiplié les conquêtes. Il s'était marié une fois, et son divorce au bout d'une année seulement, lui avait laissé un goût amer. Il n'avait pas eu d'enfant. C'était son seul regret. Il avait consacré toute sa vie à la médecine. C'était un métier envahissant, qui l'avait passionné.

Lorsqu'il avait quitté Rennes il s'attendait à ce que Romane le retienne. Il était habitué à toutes ses filles semi-hystériques, qui s'accrochaient à lui, et le suppliait en pleurant. Dans la fougue de sa jeunesse il n'avait pas compris que la discrète Romane souffrait profondément de son départ. Il avait pris très maladroitement son amoureux silence pour de l'indifférence ! Il avait détesté la souffrance que lui avait provoquée cette séparation. Et ce poste proposé si loin de Rennes et de la France, fut une belle aubaine, une jolie façon de tirer un trait sur cette histoire. Mais malgré cette volonté acharnée pour l'effacer, il ne l'avait pas oubliée. Et souvent, surtout quand il voyageait en France, il pensait à elle : sa douceur, son visage aux traits si réguliers et harmonieux. Alors lorsque Raphaël avait expliqué que Romane ne l'avait jamais oublié son visage s'était figé. Quand il avait parlé des trois lettres envoyées à l'adresse indiquée. Il s'était levé ivre de colère, contre cette gardienne d'immeuble qu'il avait payé grassement pour qu'elle lui expédie le courrier reçu après son départ. Il n'avait jamais rien reçu, et s'en était que peu inquiété, c'est vrai, tant il était occupé par sa nouvelle vie. Mais quand Raphaël avait parlé d'un bébé, quand il avait raconté Juliette. Baptiste s'était effondré doucement sur son gros fauteuil en cuir brun. Il était tombé au ralenti, son grand corps robuste, s'était affaissé comme un pantin désarticulé.

Victor a cru qu'il s'était évanoui. Mais il écoutait, bouche ouverte, le souffle court, le regard perdu. C'est quand son ami, a évoqué la maladie et le décès de Romane, que ses larmes ont coulé.

Juliette sent la respiration de Raphaël dans son cou.

« Au départ je t'en ai voulu, j'étais terrorisée, mais tu as bien
fait de me laisser seule avec mon père pour cette première fois. »

Elle sourit en regardant le ciel bleu azur.

« Le moment le plus extraordinaire c'est quand il m'a montré la toile ! Les rues de Rennes. Ce fameux tableau en noir et blanc qui était parti si mystérieusement aux États-Unis... »

Édition : BoD – Books on Demand,
12/14 rond-point des Champs-
Élysées, 75008 Paris

Impression : BoD - Books on Demand,
Norderstedt, Allemagne

N° ISBN : 9782322378364

Dépôt légal : juillet 2021

www. bod.fr

Photographie de couverture :
Élisabeth Pysz, tableau fait spécialement pour le livre.

Avec le soutien de Dialoguer en poésie,
département autonome
de l'association Le 122